樹液のささやく声

桂沢　仁志

目次

樹液のささやく声

カチンの森の奥で

薄暗い森の中にも天の恵みはあった
落葉樹のブナ科などの樹々や
針葉樹でもモミやトウヒなどの樹々は
リスやネズミたちに豊かな実を与えた
落葉樹が葉を落とした冬の日にも
リスたち小動物を針葉樹の枝葉が
フクロウなどの猛禽類から護った
春には落葉樹の若葉は光に顫《ふる》えた

夜が来て静寂が満ちてくると

リスやネズミが実を食べにくる
ネズミが土に穴を掘り
樹々の根元を齧《かじ》り回る
土の中から歳月に汚れた
黒い革の靴が出てくる
変色し歪んだ将兵の軍靴《ぐんか》
ネズミはなおも皮の靴を齧る
厚い革の靴の先に穴が空き
中から破れた靴下を履いた
腐乱した足の指が覗いている
キツネがネズミを追い払い
土の中の軍服の足を掘り起こし

足と腹の腐肉を食い荒らす
後から灰色オオカミがやってきて
地面から遺体を引きずり出す
暗い夜フクロウが森の奥を飛ぶ
別の日またネズミが軍靴を齧り
キツネが足を土から掘り起こし
灰色オオカミが地面に引きずり出す
かくして将兵たちの遺体が
村人たちによって発見された

一体　二体　十体　百体　千体　五千体……
異様に積まれた地層のように

表土　遺体　土壌の順に重なっていた
いずれも頭蓋骨に二つの銃創があった
後頭部が銃弾の射入口　額が射出口
頭蓋の二つの穴を乾いた風が吹き過ぎる
首に紐を巻かれ後ろ手に縛られ
左右から両脇を抱えられ自由を奪われ
至近距離から後頭部を撃ち抜かれた
裁判もなく罪もなく理由もなく
みなブルドーザーで掘られた壕に
左右交互に遺棄され土で覆われた

「諸君らは帰国が許されたので

これより西に向かう」と告げられた
多くの捕虜は喜び　ある捕虜は不安がった
「西」とは死も意味していたからだ
捕虜たちはすし詰めの状態となって
鉄格子で区切られた護送列車に乗せられ
見知らぬ小さな駅で降ろされた
残雪に軍靴が埋まるような季節だった
窓が黒く遮蔽《しゃへい》された黒い車体の
囚人用自動車に分乗させられ
森の中の道をしばらく揺れていった
途中で何台もブルドーザーを追い越した

彼らは森の奥で囚人用自動車から
逐次降ろされ壕の前に引き出された
首に紐を巻かれ後ろ手に縛られ
左右から両脇を抱えられ自由を奪われ……
「み旨《むね》の天に行わるる如く
地にも行われんことを」
天で行われるようなことは
この地で行われることはない
「我らが人に許す如く
我らの罪を許し給え」
将兵たちは相手を許す前に
背後から頭を撃ち抜かれたのだ

一段落するとブルドーザーが
壕に土を被せて整地していった
空になった囚人用自動車は
次に備えて所定の場所に帰った

多くの樹木は傷を負うと
昆虫や病原菌などの侵入から
傷口をふさいで身を守るために
樹脂道から樹脂を分泌するという
カチンの森もある時期になると
樹々の幹や枝から一斉に
琥珀色というより血のような

黄赤色の樹脂を流すのだという
一体あの森の樹々はどんな傷を受け
どんな悲痛とともに立ち続けてきたのか？

「み旨《むね》の天に行わるる如く
地にも行われんことを」
「我らが人に許す如く
我らの罪を許し給え」

※「カチンの森事件」：旧ソ連西方のカチン付近の森で一九四三年二月、占領中の独軍は地中から多数のポーランド人将兵の遺体を発見。その報告にナチス宣伝相ゲッペルスは対ソ宣伝利用のため大々的調査を命じ、全世界に「カチンの森事件」はソ連の凶行だと喧伝。一方、ソ連はナチスの仕業だと反論。「カチンの森」を巡る独ソの非難合戦が始まった。一九三九年九月ポーランドは西か

らナチスに東からソ連に侵攻され降伏。両国に占領され、将兵らは捕虜として各々収容所に送られた。真相が明かされたのは事件から約半世紀後の一九九〇年四月。ソ連国営タス通信は「事件はスターリンの主導で実行はソビエト内務人民委員部だった」と遺憾の意を表明。犠牲者は「カチンの森」で約四千四百人、他の場所も含めて約一万八千人、不明者約三千九百人だった。

花蔭《かいん》にて

さようなら　さようなら緑の大地
さようなら　さようなら紺碧の海
さようなら　さようなら青い地球

胎児たちの手の中の海
少年たちの目の中の空
少女たちの胸の中の花

巷では桜の花が満開だという
してみるともう春先なのか？

それとも暖か過ぎる冬の末なのか?
咲き誇る花の薄紅の闇の中で
畸形《きけい》の花弁を付ける枝が増え続け
突然変異株《ミュータント》の蕊《しべ》が怪しく光っている

わたしたちは自ら作り出した
文明の甘美な麻薬の毒に冒され
刹那と永遠の虚妄の快楽を求めて
赤黒い血に染まった夕暮れの丘を
狂気に濁るヘドロの沼へと駆け下る
盲目の邪欲の突然変異体である

豊かな大地から森林を剥ぎ取り
少年や少女たちの肉体を買い漁り
刑死した遺体から臓器を抉《えぐ》り取り
新しい殺人兵器を次々と開発し
核廃棄物は大切な宝物のように
暗黒の地中の奥底に埋積《まいせき》し続け
十数万年後の子供たちに遺される

胸の奥がたまらなく痛く苦しい
肉腫がわたしたちの心身に拡がり
靡爛《びらん》し始めた神経の髄を蝕《むしば》む
わたしたちには更なる麻薬が必要だ

胎児たちの手の中の海
少年たちの目の中の空
少女たちの胸の中の花

さようなら　さようなら緑の大地
さようなら　さようなら紺碧の海
さようなら　さようなら青い地球

瓦礫《がれき》に埋もれたマリア像（8．9）

爆撃機は第一投下目標地点《エイミングポイント》を諦めることにした
二日前に隣町の製鉄所への空爆で燻《くすぶ》り続ける
煤煙が風に流され視界が悪く三度もやり直した
また天候が悪化し高射砲の攻撃も激しくなった
さらに敵機に迎撃する機会を与えてしまった
それより帰還までの燃料が不安になってきた
仕方なく帰投の方向へと南に機首を転じさせた
幸いこちらの機の高度が高く迎撃機は振り切れた
帰りまでのルートで第二投下目標地点を探した
だめなら機密のため海洋投棄するしかなかった

蒸し暑い曇り空の下老母は教会への道を急いだ
隣家の一人息子が戦死したため共に祈っていた
教会の朝のミサにはとても間に合わなかった
そっと教会に入ると一番後ろの端の椅子に座った
貧しくて神のための寄付がめったにできなかったから
窓々から夏の日が射し込み光に溢れた礼拝堂には
聖母被昇天の祝日を間近に控えて信者が多数いた
老母は曲がった背をさらに屈めて祈りを捧げた
亡くなった夫や亡くなった父母や義父母のために
そして出征したまま消息不明の二人の息子のために

機は第二投下目標地点の町まで最短距離で進んだ
おおむね雲が掛かっていたがそれでも時折隙間から
美しい曲線を描く半島と銀鼠色《ぎんねずいろ》に輝く湾が見えた
呑気《のんき》な通信士が呟いた「平和な時にまた飛んでみたい」
機は目標地点を探して北東方向から進入を始めた
相変わらず雲に覆われていて燃料は危機的だった
機長は内心思っていた「チャンスは一度しかない」
その時爆撃手が叫んだ「雲間から街が見える！
おお　神よ　我らをここへお導き下されたか？」
爆撃手が投下ボタンを押すと共に機は急旋回した
機の後方に銀色の閃光と猛烈な衝撃波を残しながら
通信士は勘違いして耳を塞《ふさ》いだ「高射砲で撃ってきた！」

正面祭壇の最上段には水色の衣をまとった青い眼で
頭を十二の星が取り巻く美しいマリア像があった
老母は拝むたびに辛くても幸せな気持ちになった
そっと胸の銀の十字架を握り締め裏返して手の平に置く
そこには時計職人だった夫が刻字した家族の名があった
老母は心を込めて祈った「すべては神さまの御心《みこころ》のままに」
曇っていた空はいつの間にかまた明け始めていた
祭壇上部の木造のマリヤ像は輝きを増し始めていた
その時空の高みの雲の切れ間で低い爆音が聞こえた
突然銀色の閃光が走り辺りはみな白銀の闇に覆われた
猛烈な爆発音がし爆風と熱線ですべては瓦礫となった

天主堂の木製の屋根や床は燃え出して煤を上げていた
激烈な爆風で舞い上がった粉塵で夜のように暗くなった
周りには何もいなかった　生きているものは何も
近くの住民や信者たちは誰も助けに来なかった
天主堂周辺の人たちはみな即死か瀕死の状態だった
教会にいた神父二名信徒二十四名全員が亡くなった
摂氏三千度の熱線　音速を超える爆風　大量の放射線
人も犬も猫も鶏も野鳥も昆虫も何も生きていなかった
この中でどんな生き物が生きることが許されるのか？
天主堂は跡形もなくすっかり瓦礫と化してしまった
まだ煤と煙を上げる煉瓦の間に腕がもげ指や鼻が欠け
熱線で黒く焦げた聖人たちの石像が散らばっていた

廃墟の中でまだ燃え残った火が灯火のように揺れていた
瓦礫の奥のほうに今は青い両目を失い水色の服を失い
頭の飾りも失った頭部だけのマリア像が埋もれていた
後方の焦げた煉瓦の間に表面が融けた銀の十字架があった
裏側には家族四人の名が仲良く並んで刻み込まれていた

T4

夜が満ちてくるといつの間にか本部のある街の通りは
神経質な研究者といかめしい医者や大柄《おおがら》な看護婦たちで
ビヤ・ガーデンは溢れひそひそ話に時おり嬌声《きょうせい》が混じった
顎鬚《あごひげ》をビールの泡が伝い女の真っ赤な唇をワインが濡らした

遺伝病などの障害のある新生児は届出が義務付けられ
「帝国委員会」から「最良の看護」と「最新の治療」を
受けるとの通知により小児医療施設に入れさせられた
だが子は戻ることなく死亡通知書と遺灰《いはい》が送られてきた

人の顔を真横から見て顎部の突出の度合いを「顔面角《がんめんかく》」という
その角度は猿　類人猿　黒人　黄色人種　白人の順に大になり
また「顔面角」の増大は人類の進化の順序を示すのだという
かくてこの地球では白人がとりわけアーリア人が最優秀とされた

進化論と解剖学がホルマリン臭のする医局で異形《いぎょう》な姿で融け合った
「不適応者がこの世界から次々に駆逐《くちく》されていくように
この世では生きるに値しない者は抹殺《まっさつ》されるべきなのだ
我が民族の血の高潔を保つためには彼らは根絶《こんぜつ》されねばならない」

指定の医師により「生きるに値しない」と認定された障害者たちは
郵政省から譲られた灰色のバスに乗せられて「施設」へと向かった

車内は外から見えないよう遮蔽《しゃへい》されていたが温かいコーヒーや
サンドイッチが配られクラシックが流されていて快適だった

遠足か転地療養《てんちりょうよう》だと信じ込まされた人々を満載《まんさい》した灰色のバスは
コマドリやウタツグミなどが鳴くオークの森の道を重そうに走った
「施設」で皆を降ろした帰りのバスは軽々とエンジン音を響かせた
オークの枝越《えだご》しに「施設」の煙突から黒い煙が上がるのが見えた

一酸化炭素によるガス中毒殺は当時「安楽死政策《あんらくしせいさく》」と言われ
「生きるに値しない」人々の死は「安楽死」「慈悲死《じひし》」とされた
いかなる神の名の下で人々の生の認定と選別が行われるのか?
オークの木の枝ではコマドリやウタツグミが声高く鳴いている

※Ｔ４作戦はナチス時代、アウシュビッツ収容所などの設置前に行われた「生きるに値しない命」として障害者などを「安楽死」等の名で大量虐殺した作戦名。医師により各施設から「選別」された者は灰色のバスで六ヶ所の「処分場」に送られ一酸化炭素中毒死され焼却処分された。犠牲者は十万〜二十万人。医師、看護婦が作戦に深く関与。Ｔ４作戦の方法は後の絶滅収容所に応用された。作戦名はベルリン本部の住所（Tiergarten straSe ４、動物園通り４番地）の略から。

樹液の声

青空に枝葉の網を架け
地中深く根を張り巡らし
黒い大地をわし掴かむもの
樹幹《じゅかん》に地衣類《ちいるい》をまとい
枝元に他の草木を茂らせ
昆虫を養い鳥を宿らせるもの

ただ一つの生命体であり
多くの生命の集合体であり

地の砦であり墓標であるもの

風雪に耐えつつ沈黙のうちに聳え
人類により地に加えられた罪業に怒り
樹冠《じゅかん》を逆立て雷鳴とともに咆哮《ほうこう》するもの

だが私たちには聞こえないのだろうか?
葉の囁きも枝の叫びも幹の中を流れていく
喜びと悲しみの樹液の歌も

月光

冷たく月の光が零《こぼ》れている
霜が降りる静かな夜更け
公園にはもはや誰も人影はなく
家々の灯も消え始めていった

水の止められた噴水の傍らに
無言で細い肩を月光に透かせ
きみは石像のように立っていた
濃藍色の空の中にきみの額は
青ざめたまま縁取られていた

もはや語られる言葉もなく
寄せ返す思い出の波もない
肘を抱いたきみが立っている

真っ白く凍りついた地面には
傷口を深くえぐる刃《やいば》のように
すっかり葉を落とした立木の枝の
鋭い影が黒々と突き刺さっていた

夏の女

遠い南の国の海に向かって
おまえが口ずさむ朱色の唇
七月の照りつける陽差しの中で
小麦色の微笑が輝いていた

黒い髪を濡らす光る潮風に
汗で透けた白いブラウスを
豊かに息づく肌が押しのけ
浜辺に寄せる波が素足を洗う

思い出に縛られて生きるより
見知らぬ明日を信じればいい
青色の空の中を夏の陽が駆け
丸い海原を銀白色に輝かせた

だが疲れて俯《うつむ》いたおまえがふと
海と空を見たその大きな瞳には
潮風がいまも黒い髪を光らせても
あの空の孤愁《こしゅう》の藍《あい》が宿っていた

空に光を飲む

東の空に向かって
澄明な朝日の光を飲む
乾いた夢の荒廃した世界の
瓦礫のような虚《むな》しさとともに飲む

南の空に向かって
白昼の日の光を飲む
明日のない病んだ世界の
朽ち木のような悲しみとともに飲む

西の空に向かって
凋落の夕日の光を飲む
人々が行き交う無常な世界の
陽炎のような儚《はかな》い思いとともに飲む

北の空に向かって
寒夜に冴える星々の光を飲む
銀河の果ての無限の世界の
一欠片《ひとかけら》の塵のような痛みとともに飲む

すべて人の心は

すべての母が子を愛するわけではなく
すべての子が母を慕うはずもない
すべての父が子を守れるわけではなく
すべての子が父を敬うはずもない

すべての生に意味があるわけではなく
すべての死に理由があるはずもない
すべての朝が目覚めを呼ぶわけではなく
すべての夜が眠りをもたらすはずもない

すべての母が望んで産んだわけではなく
すべての子が望まれて生まれたはずもない
世の殺人事件の半数は家族間で行なわれ
嬰児《えいじ》殺しの九割は実の母親によるものだ

すべての男が女を愛するわけではなく
すべての女が男に焦《こ》がれるはずもない
すべての陽が花を咲かせるわけではなく
すべての雨が大地の恵みとなるはずもない

すべての生が祝福されるわけではなく
すべての死が悲しまれるはずもない

すべての愛が人を救うわけではなく
すべての人が人を愛するはずもない

すべての夫が誠実であるわけではなく
すべての妻が貞淑であるはずもない
種の保存と生命の多様性のためには
原始社会の乱婚《らんこん》こそがふさわしいのか？

すべての戦争は「正義」のためと言われたが
今だかつて正しい戦争などあったためしはない
この世では「悪貨《あっか》が良貨《りょうか》を駆逐する」ように
慎ましく誠実な心は道端の溝《どぶ》に捨てられる

すべての飽食は飢餓の国の甘く熟した禁忌《きんき》の果実である
すべての富裕は貧困の砂礫《されき》の上に建てられた楼閣《ろうかく》である
すべての真実は身中深く肉を突き刺す鋭い棘であり
すべての悲しみは慟哭《どうこく》する魂からの声なき声である

両刃のナイフ

今さらこんな時代に
何をしようというのか？
ただ成された事のみが
社会を作り出していくのだ

他人《ひと》の不幸を蜜として
群がる世の人々にとって
色鮮やかで甘美な虚構は
苦くて悲痛な真実よりは
はるかに魅力があるものだ

天上の薔薇　地上の罌粟《けし》
世に価値を見出せない者は
わが身を自死の檻に閉じ込める

はるか褐色の飢餓の大地では
不治のエイズで母親を亡くした
幼い子供たちが枯枝のような
干乾びた腕を力なく宙に伸ばす

だが今　狂気を孕んだ黄疸《おうだん》の目の
一人の男が虚空の闇の奥を見据え
復讐への重い扉を開けようと

冷たく固いノブにそっと手をかける

強く握り締められたままの
彼の掌の中の両刃のナイフ
いつも決して発せられることのない
喉の奥底に貼り付いた魂の叫び声

だが彼は長い間虚構に飼い慣らされ
脳髄を灰色の海綿状《かいめんじょう》に蝕《むしば》まれて
一歩も足を踏み出せないことに
決して気付くことさえないのだ

一杯の酒

占領地では兵士らは退屈しのぎによく賭けをする
勝てば埃臭い酒保《しゅほ》で飲めるグラスに何杯かの酒
負ければ逆に相棒におごる羽目になる

昼下がりの路上ではサッカーに興じる貧しい少年たち
上半身裸の子が色褪せた青シャツの少年にパスを回す
狙撃兵が潜む薄暗い部屋は空気が淀んでいる
蝿がしきりに窓にぶつかって乾いた音を立てている
「あの青シャツに一杯」 相棒は言う
そっと錠が外されペンキの剥げた窓枠の隙間から

黒ずんだ銃口が蛇のように密かに辺りを窺う
爽やかな風が入って路上の少年たちの歓声が響く
蝿は空気の流れを嗅ぎ取り隙間から外に飛び去った
兵士は消音装置付きライフルを組み立て
おもむろに照準を取り付けて風を測り始める
「西南西の風　風速一・三メートル」相棒は答える
照準の中を少年たちの姿が動き回っている
青シャツの栗色の髪の少年の額が汗に光っている
パスを受けた少年が合図を送るために苺色《いちごいろ》の口を開く
黒い銃口が執拗に青シャツの少年の後を追い回す
照準の中心がその少年の額に合わせられる
栗色の髪の毛が汗に滲《にじ》んだ額の上で揺れている

兵士の人差し指がポーカーのカードを抜くように
そっとライフルの湾曲した引き金に掛かる
そしてじっと息を止めたまま静かに引く
きな臭い硝煙《しょうえん》が部屋の中を漂っていく
「当たりか？　外れか？」
照準の丸い視野の中で熟れた柘榴《ざくろ》が弾けるように
少年の額は真紅《しんく》に撃ち抜かれて体は地面にくずおれた
「ちぇっ安酒だが今夜は俺のおごりか」相棒は言った

占領地では兵士らは退屈しのぎによく賭けをする
そこでは何リットルもの人の血が
グラス一杯ほどの安酒に変えられる

花咲く村

村からは遥か雪を頂く山々が見えた
雪解け水は清らかな川になり
春に夏に村里や耕地を潤し
秋には豊かな実りをもたらした

だが時代が変わり人々も変わった
村の耕作地には一面に花が咲いた
初夏に赤・白・紫の花が咲いた
遥かな峰の残雪と輝きを競い合うほどに

村の老人たちは花の世話に出かけた
男たちは山の彼方の町に出稼ぎに行くか
雇われ兵として軍服をまとい銃を持った
女たちは町の縫製工場でミシンを踏んだり
家政婦や賄い婦かあるいは夜の店で働いた
男の子たちは少年兵として戦場に出かけたり
「人助け」のためとして臓器を売りに村を出た
女の子たちの一部は「お金持ち」に高く買われ
他は町の夜の店かいかがわしい宿に売られた
赤ん坊たちはその皮膚の色に応じた謝礼によって
海外の裕福な家庭に養子として引き取られた
こうして村から大人や子供や赤ん坊が消えていき

いつの間にか村には老人たちしかいなくなった
彼らはいつも村の中に虚ろな風が吹くのを聞いた

老人たちは今日も花畑の世話に行く
赤・白・紫に咲く大きな罌粟《けし》の花
阿片に変えてすぐ戦費に使うために
支配者から強制的に作らされた罌粟畑
赤・白・紫　彩り豊かに咲く罌粟の花
遥かな峰の残雪と輝きを競い合うように

陽炎の丘

一度だってなかった
青い風の中に純白の帆を張ることも
土砂降りの雨の中を走り回ることも
一掬《ひとすく》いの水を互いに分かち合うことも
さようならの言葉を交わすことさえも
一度だってなかったのだ

羽化の時を迎えられずに
硬直していく蛹《さなぎ》たちの叫び
ぼくたちの日々は粉々に砕け

思い出も傷痕も荒漠とした
望みのない生活の端々から零《こぼ》れ
忘却の緩慢な砂の流れの中へ

遺棄された風景が白日の下で
陽炎となって燃えている
恐らくぼくたちは初めから
そこに居なかったも同然だった
引き裂かれた時代の魂の共同墓地
夕暮れが迫る暗然とした茨《いばら》の丘

糜爛の果肉

夕暮れの窓は思い出の道を辿るものなのか？
麦踏みをした緑の芽と黒い畝《うね》の連なり
梅雨明けの青い空を映した若い苗の水田
稲光と雷雲に追われて逃げた激しい雨脚

思い出は胸の刻印《こくいん》のようにいつまでも
人の心の記念誌に留まり続けるという
だが　それは本当なのか？
思い出は時にその相貌《そうぼう》を変える

鏡の向こうに広がっていると見えた世界は
鏡の硝子の裏側に貼られた銀箔に過ぎない
優しいはずの母親が慈母の面をかなぐり捨て
出刃包丁を振りかざしたのは夢であったか？
若くして亡くなった父の数少ない写真の中で
微笑みかけていたのは私たち家族にではなく
愛人にだと気付いたのは大人になってからだった
夕食後座卓《ざたく》の脇に正座させられ母親から
祖母だと思っていた人は本当の祖母ではない
と告げられたのはいつの日のことだっただろう
鏡の中の世界が虚像の広がりであるように
思い出は時に優しく時に残酷に姿を変える

夕暮れの景色が思い出の道を駆けていく
入道雲の浮かぶ空の下で泳ぎ続けた丸く青い海
深い森の中を友人と探検した時に聞いた蝉時雨《せみしぐれ》
だがそれらの思い出もいずれ糜爛の果肉と化すだろう

春雷

ぶ厚い雲に覆われた
不気味な空の奥深く
青白い閃光が幾度となく
夜の闇を切り裂き
雷鳴が大地に木霊し
森や墓地や荒野の
眠っていた土の霊たちを
目覚まし呼び起こす

鉄格子の嵌《は》まった部屋の

鉄パイプ製のベッドの中で
きみは枕に身をもたせ掛け
白い指で薔薇の蕾を摘んでいる
魂の奥底での青白い閃光
遺棄された記憶に次々と
土砂降りの雨が打ちつける
窓ガラスに貼り付いた異形の影

苦い薬が神経に与える一時の安眠
冷たく白いシーツの上には
きみの指先から滴り落ちた
黒い血の花が咲きこぼれていた

押し殺された魂が叫びを上げる日
無辜《むこ》の人が住む街が爆撃された夜

ある夏の終わり

風はなかったはずなのに
海が近くで鳴っている気がした
夜もとっくに更けていたのに
帰るとも言い出さなかった

二人で浜辺に腰を下ろすと
砂からは潮の匂いとともに
過ぎた夏の日を惜しむような
ほのかな熱が伝わってきた

星明かりの中に遥かな沖は
黒々とじっと背を丸めていた
時折遠洋航路のタンカーの船灯《せんとう》が
ゆるゆるとその上を滑っていった

明日おまえは自分の街に戻ると言う
何とかやっていけそうだとも言った
いずれの道を取るにせよ
もはや語るべきことは何もなかった

自由はまた別の次元の束縛を生む
日々の生活はこの砂浜のように

いつまでも跡を留めることはない
いつの間にか肌寒い浜風が吹いていた

病んだ太陽

いつの時代も時は空しく
過ぎ去っていくものなのか?
真実などはどこにもなく
欺瞞と虚栄が世を蝕《むしば》み続ける
都会では美しい街作りのため
と称してホームレスが追いやられ
スラム街は色鮮やかに塗り立てられ
分厚く高く築かれた壁で隠される

かつて確かな資産とされたものは

夢の中の現実として全ては泡とはじけ
有望視されていた人気証券や株券は
紙屑同然となって塵箱《ごみ》に捨てられる
ある国では平和と経済成長のため
と唱えて各地に武力紛争を企て
軍隊と軍需産業の拡大を図って
雇用を増やし失業者を減らそうとする

武器商人らによって近接する
部族らに密かに武器が手渡され
互いの反目と憎悪と殺し合いへの
呪術的《じゅじゅってき》で巧妙な罠が仕掛けられる

貧しい国々からは日夜密かに
少女や少年たちが売られていき
豊かな国の生活に倦《う》んだ大人たちの
退廃的で爛れた享楽の餌食《えじき》となる

ある田舎町では工場が乱立し
青黒い廃液が川に垂れ流され
農民は汚染された水で育てた作物を
商いまた自ら食べて生きていく
難民キャンプでは暗い目をした人々が
地面に座り込んだまま動こうともしない
今日もまた赤黒い血で滲《にじ》んだ夕暮れの丘を

歪んだ黄疸《おうだん》の太陽が滑り落ちていく

木枯らし

灰色の朝に木枯らしが吹いている
冷たく荒んだ風が
あなたの街の人と心を切り刻んでいく

あなたの街の産院では
闇に葬られた胎児たちが
産業廃棄物として埋められている

遠くの街では爆撃により
爆殺された妊婦の体内から

胎児が飛び出してきたという

また海の向こうの街では
かつての受難の民の子が別の民の子を
虐待し黒い銃口で狙っているという

歴史は繰り返されると人はいう
この世とは勝者のためのものであり
生き残った者のみが歴史となるのか?

原爆投下から何十年も経つのに
被爆者の苦しみや悲しみは

今も決して癒えることはない

ベトナム戦争後何十年も経つのに
枯葉剤による畸形《きけい》の子らが
三百万人を超えているという

宇宙の太陽系第三惑星
地球はなんと静かに青く
人間の仕業に耐えていることだろう

灰色の夜に木枯らしが吹いている
冷たく肌を刺す風が

世界の街の人と心を凍らせにやってくる

山間の湖畔にて

群青色に澄んだ空の高みを
淡く色づいた紗《しゃ》の雲が刷《は》いていく
早くも日が傾いた山間の湖畔は
ひんやりした静けさに包まれていた
山々は紅の彩りの影さえもなく
ほぼ葉を落とした周囲の樹々が
褐色の乾いた木肌の骨格を晒し
ときおり湖面を吹き渡る風に
枝先の末枯《すが》れた葉がかさこそと
力なく薄暗い林床《りんしょう》に落ちたりした

そこかしこに点在する白樺の幹は
痩せ細った重症患者に巻かれた
包帯のように白々と目を刺した

きみは杭のように身じろぎもせず
樹間から見える碧い湖を見ていた
枝先の枯葉がつと散るように
乾いた唇から溜息がこぼれ落ちた
「この凋落の匂いがたまらないの
泥沼の悔恨に身悶えるよりは
ひとり夢の跡を彷徨《さまよ》いながら
いっそ朽ち果てたほうがいい」

だが呟きは早くも口元で干涸らび
この湖畔を渡っていくことはない

もはや言葉もなく陽は落ちて
黄昏の迫る空に見開かれた
虚ろなきみの瞳の中を流れる
数々の過ぎ去った風景のように
切れ切れに千切れた雲の影が
空を鈍く映す静かな湖面の上を
残照に燃えながら滑っていった

一粒の砂

もしも許されるものならば
別の生を与えられるものなら
砂浜の一粒の砂になりたい
雨に打たれ陽に晒《さら》され
風に吹かれてさらさらと鳴る
ただ一粒の砂になりたい

望まれず生を受け
疎《うと》まれてこの世に育ち
人を悲しませて生きてきたのだから

ただ己の身を消し去ることだけが
宿命として残されたこの生よりは
むしろ一粒の砂になりたい

望まれて生を受け
止むを得ず堕ろされた生があり
望まれず生を受け
堕ろしそこねた生がある

世はそんな不条理に耐えている
むしろ天はこの身に罰を下し
人の悪意や嫉妬や欲望から

世の中傷や差別や憎悪から
遠く離れて海原の波が渚を洗う
砂浜の一粒の砂に変えよ

秋の破片

枯葉色の午後の陽は
廃屋の荒れた庭にも溢れ
破れた生け垣を潜り抜けて
どこからともなく
鶏の一群がやってくる

足爪で落葉を引っ掻き
地面に嘴を突っ突き回し
雌鶏たちは採餌に余念がない
遅れて現れた一羽の雄鶏は

フルルと胸毛を膨らませ
肉冠《にくかん》を揺らし睥睨《へいげい》しては
たちまち廃園の主となる

鶏たちの楽園に
燦々と陽は満ち溢れ
雌鶏たちの嘴や
雄鶏の肉冠と蹴爪《けづめ》に
珠の光りとなって零れ
地面に転がり落ちていく
鶏たちがその秋の破片を
われ先に啄《ついば》もうとして

みな騒がしく探し回っている

悲しみの色

悲しみに色があるなら
きみは絵を何色で描くだろう?
苦しみに形があるなら
きみはどんな像を造るだろう?

濃藍色《こあいいろ》の空の奥で輝く星々の脈動
赤　黄　オレンジ　青　銀白色
星々とそれらを包み込む暗黒星雲《あんこくせいうん》
宇宙から現在の地球を見てはならない

宇宙の摂理は数理的《すうりてき》であり
人の情理は運命的で私欲的である
すべての人が母親になれるわけではなく
すべての子が母親から愛されるわけではない

すべての花がいつの日か
収穫の実を結ぶわけでもなく
あらゆる悲しみがいつの日か
喜びの涙で報われるわけでもない

燃える花びら

群青の空に陽は高やかに
芳《かぐわ》しく野や大気を煙らせ
草木の花々の蕊《しべ》の火炎に
悩ましい油を注いでいる

この甘く懈怠《けたい》な白昼の時
化身を夢見る花たちは
その焔の中で身を焼き乱舞し
輪をなして火の宴に果てる

遠く山間にコブシが芽吹き
清冽な雪どけ水が土を裂く
天と地と空と宇宙の営みは
生物の生命そのものである

全ての花が実を結べないが故に
この狂おしい春の日の山野に
あんなにも疾《はや》く熱く烈しく
花びらを燃やし尽くしているのだ

湖畔の道

お互いに言葉もなくただ歩いた
ひたすらボートを漕いだ手の中には
なお揺れる湖の風景と水の碧さと
不規則で激しい脈動が残っていた

湖畔の林の小道をたどると
ひんやりした風が心地よかった
だがおまえは冷たそうな頬を
襟元に深く埋めて先を急いだ

どこかで郭公《かっこう》の鳴く声がしていた
行き着く場所などはなかった
おまえは望みなく病んだまま
頑なにひとり遠い影を追っていた

湖畔の森の薄暗い林床《りんしょう》の湿地には
春の日の光からは遠く離れて
蒼白い羞じらいに身を震わせて
一叢《ひとむら》の一輪草の花が咲いていた

春の日に歩けば

春は酔い痴れ病んだ女の
悲しく饐《す》えた匂いがする
優しく専制的で生温かく残酷だ

潮を濁らせ海藻を縺《もつ》れさせ
泥土の中で塊茎を蠢《うごめ》かし
草木の蕊に紅蓮の火を点す

艶やかに香る蕾を膨らませ
墓地の周りで狂宴を催し

暗い大地を蒸し大気を燻《いぶ》す
川原の小道を独り歩けば
はや燕たちが葦原を飛び交い
霞む網膜に黒い軌跡を刻む

春の宿酔の中で聞こえてくる
花曇りの空から降ってくる
柔らかく潤んだ雨の子守唄

白い雨

雨が降っている
今はもう誰もいない
公園のベンチを濡らし
ブランコの鎖に滴は伝い
池の面に水紋《すいもん》を描きながら
低く澱んだ灰色の空から
麻酔された四月の月日に
雨が降ってくる

雨が降っている

かつて靴音を響かせ
汗と悲しみを街頭に散らせた
あの時代のスクリーンの
流れ落ちる傷跡のように
ざーざーとひとしきり
冷たく白い雨脚が
網膜を走り去っていく

赤紫の夜明けに

深い山々の中に巡ってくる
不思議な香りのする
地球の赤紫の夜明け

はるか木霊が駆け抜けて行く
渓流に刻まれた黒い森の奥
樅《もみ》や栂《つが》の密生する樹冠《じゅかん》の間を

だが
同じ地球の上の

同じ星と空の下

ぼくらは見たこともない
乾いた土埃に埋もれた
半ば閉ざされた目のための
一条の光

ぼくらは浸したこともない
だらりと垂れ下がった
枯れ枝のような腕のための
一掬いの水

ぼくらは手向けたこともない
赤茶けた飢餓の大地に
無数に掘られた墓穴のための
一輪の花

地球に巡ってくる
同じ星と空の下の
赤紫の夜明けに

還帰

暗黒の宇宙に火が点り
微温な羊水の海を漂い
満ちてくる時間の潮を飲み
試練の産道の門を擦り抜け
一人で生まれてきたのであり

目も明かず産着《うぶぎ》もなく
ただ胸の槌音響かせて
一人で生まれてきたのであり

地を這い躓《つまづ》き行き生き永らえ
邪欲に欲を重ね罪に罪を連ね
あれやこれやの旅路の果てに
一人で死んでいくのであり

目も明かず産着もなく
ただ土色の胸凍らせて

一人で死んでいくのであり
火葬場の厚い鉄扉を潜り抜け
焔となって燃え尽きるにしろ
湿った暗い地中で腐爛に崩れ

荒野の草の根に尽きるにしろ
一人で通っていくのであり
頭から足の先　髪の毛から爪
およそ体の分子原子に至るまで
際限のないあの暗黒の宇宙へと
一人で還っていくのである

砂の影

砂浜へと下る段丘の南側の斜面に
きみは風蝕《ふうしょく》の碑のように腰を下ろし
春の陽の中で不透明な影となって
心が病んだままじっと身を沈めていた

大気は潮の匂いに満ち海の青に染まり
波間を滑る陽の光は銀色の輪を投げる
微かな耳鳴りの中を水平線の果て
空へと融けながら消えていく船影《ふなかげ》

――遥か海を眺める者は不幸せだ
異郷への思いと日々の疲れの滓《おり》
靴底の砂を払い除けるように
振り捨ててきた時間の夢の破片

成すこともなく痛みすらもなく
私らはまたここに留まるだろう
潮を含んだ風がきみの髪を撫でたが
陽はさらさらと海面に降り積もっていた

空に真っ赤な薔薇を

空に
一つの声を発すれば
白く湧き立つ積乱雲から
大粒の雨が落ちてくるだろうか？

空に
十本の矢を放てば
棲息地を失い山里を襲いだした
荒くれ猪《じし》らに一つは当たるだろうか？

空に
百の問いを投げかければ
天に住まうという神は憐《あわ》れんで
真実の一つなりと示されるだろうか?

空に
千本の真っ赤な薔薇の花を投げれば
占領地で流された人々の血に代わって
大地の嘆きを安らかにできるだろうか?

野《の》薊《あざみ》

川を渡る初夏の風は爽やかで心地よかった
いつの間にか陽はゆるゆると西に傾いて
川面は銀色の光の帯のように輝いていた
その銀色の帯を跳ねる魚や　漣《さざなみ》　が乱した

男と女は河口近くの堤に腰を下ろしていた
土手の斜面に紫紅色《しこうしょく》の野薊が咲いていた
潮が変わって湾の水が川上に遡上してきた
「下る水も上る水もあるのね　私たちみたいに」

「女って生き物は自分自身にも分からないわ」
吹く風の中に微熱を帯びた潮の臭いがした
「人生は条理や倫理ではなく生の混沌だろうな」
男は立ち上がって河口の背後に広がる湾を見た

かつて故郷と呼べた湾が今は重荷となっていた
女はふらふらと土手の斜面を下り薊を手折《たお》った
葉の棘が白い指を刺しみるみる血が滲《にじ》み出した
黄ばみ始めた陽の光に血は赤黒い染みに見えた

碧い水の囁き

静かな岸辺で微睡《まどろ》に憩う日差しの中で
少女は甘美な憂愁の航海に額を染める
まだ見ぬ世界への憧れと怖れの波濤《はとう》
大人へと連れ去っていく月日の潮流

少女が初めて引く真っ赤なルージュ
生身の体が流す血の痛みにも似た
哀しく蒼ざめた予感に身を顫《ふる》わせて
幼子がするように人形を掻き抱く

ある懐かしい想いに透けていく肌
透明な水深の中で静止する時間
おまえは回游《かいゆう》する魚たちの間を巡り
碧い潮と珊瑚の囁きに耳を澄ます

六月に吹くやさしい風と陽の光
おまえは輝く日々の頰をとり戻す
亜麻色の長い髪はなおも海を夢見
天高く帆翔《はんしょう》する鳥の蒼い影を追う

岬

外海と内海が一つに交差し
潮の流れが混じり渦巻く
半島の先端の岩礁帯《がんしょうたい》では
よく大物の黒鯛が上がるという

丸い空の下の弧を描く水平線
暁に陽が昇り中天で輝き
紺碧の夜空には流星が走る
宇宙は予定調和でできているのか？

近隣の村里には固く背を向け
頑として細身の体を屈め
息を潜めて潮を読む
手練《てだれ》た老漁父が今も挑み続ける

長年の黒ずんだ釣り鉤《ばり》のように
岩礁への根掛《ねが》かりも恐れない
忍耐強い不動の意志として
じっと海に掛かりきっている

早春スケッチ

穏やかな内湾は背を丸めて
午睡《ごすい》の夢に揺らめいていた
その銀灰色に煌めく水面に
鈴鴨《すずがも》の大群が浮かんでいる

もう少し春が進み暖かくなると
みな隊列を組んで北へと渡っていき
緑濃い営巣地では新しい生命が生まれ
母鳥の羽毛から雛たちが顔を出すだろう

生地を後にしてこの内湾に憩い
集団で一つの意志となって生きてきた
陽の光は細波《さざなみ》に砕け破片となって
海面《うなも》から早春の空へと広がっている

湾に集う鈴鴨の群の影たちは
銀灰色の空からの幕の流れに乗り
光の中で息をする黒斑となって
遥か天上へと昇っていくのだった

異形《いぎょう》の果実

黒い雨が降る泥濘《ぬかるみ》の中で
欲得を測る彼らがいる
灰色の冷たい霧の中に
蒼ざめたあなたたちがいる

綺羅《きら》の夜会服に袖を通す
虚栄を競う豊満な白い腕
遠い国の飢えた人たちが啜《すす》る
スプーン一掬いの冷めた粥

いつも同じ朝しか来ない
と思っている人たちがいる
いつか別の朝を迎えたい
と願っている人たちがいる

人生とは一夜限りの苦い夢の
壊れた欠片《かけら》に過ぎないのか？
それとも割かれた異形の果実の
血を流し続ける一断面なのか？

冬の棘《とげ》

吹きさらしの砂浜に半ば埋もれ
枯れていたハマナスの枝の棘
古い民宿の軒先から垂れた氷柱《つらら》が
融けては凍り陽の中で尖《とが》っていく

いつの時代も美しい虚偽《うそ》は甘く
苛酷な真実は身中《しんちゅう》奥深くを刺す
薄暗い部屋の薪ストーブの炎は
アカシアの棘の枝を赤々と燃やす

どんなに優れた種子でも
土が悪ければ育つことができないように
どんなに優れた土でも
腐った種子は芽を出すことはできない

してみると俺は悪い土の腐った種子なのか？
だがあの頃の自分には分からなかったのだ
この世で生きるということは
人知れず悲しみを飲み込むことなのだと

盲目の海

海からの風はまだ春先の冷気を含んでいた
岩場で揉《も》まれた波が低い音を立てていた
ぼくを咎める闇の奥からの声が虚しく響く
「結局おまえは意気地なしだったのだ
些細な気持ちに躓《つまず》いて人生の宝を失った」

おそらくその通りだったのかもしれない
ぼくは世の中の事にはまったく盲目だった
陽炎の立つはるか沖を外航船が揺れている
人と人　民族と民族　国家と国家との

同じ地球の中での利権と資源の奪い合い

ぼくがそろそろ帰るように促《うなが》すと
きみは半島の端に立ったまま言った
「光が眩《まぶ》しすぎて海が見えない」と
きみは本当に視力を失った人のように
手で画布を作り潮風にそっと絵を描いた

夏日

炎熱の群青《ぐんじょう》の空に
雲の白い塔は聳え
碧い川の流れに水遊びする
少年たちの褐色の肌は輝き
山間の村里の午後の日は
時間の歩みを止めたまま
点在する納屋や緑濃い山々
また川漣《かわなみ》や少年たちの肌を
燦々《さんさん》と降り注ぐ銀の光の中に
じりじりと深く埋め込んでいく

銀白色の風景の
輝く水の中から
少年たちの喚声が
弾け跳んでくる

むしろ盲目であれ！

虚飾に満ちた現実に惑わされず
かりそめの夢や甘い嘘に騙《だま》されず
皮膚の色や信条に捕らわれず
今まさに生まれ落ちたばかりで
まだ目の明かない赤子のように
われらはむしろ盲目であれ！

世の人々の心の痛みと喜びが
地上の真実と融け合って白熱し
魂の奥底に張られた弦を震わせ

われらが鼓動の高鳴りとなり
もの本来が放つ波動と共鳴し
われらの魂からの叫びとなり
一つの意志と問いかけとなって
潮騒が響く暁の海原のように
光の中にその姿を現すまでは
われらはむしろ盲目であれ！

真夜中の徘徊

皆さんまたお世話になるかもしれません
日課の散策に出かけるときが来ました
わたしにははっきり見えるのです
昼の光が失われていき
夜の闇が満ちてくるのを
わたしには聞こえてくるのです
暁の海が涸《か》れていく囁きが
夕暮の川が汚れていく嘆きが

「愚直な猿は何度木から落ちても

やはりまた木に登る」という
真夜中の街を泥まみれのむく犬のように
あてもなくわたしは歩き回っています
生まれるべきはずもなく生まれ
遠い昔深く傷ついた一人の女をすら
救うことも癒すこともできず
ただ闇の中に逃げ道を探しているのです

シァガの花

町外れの寂れた公園の林床《りんしょう》には
暖かい春の光からはひっそり隠れて
シャガの花が一群れ咲いていた
硬く閉ざされた花弁の蒼白い拒絶

冬を耐えた遥かな山々は薄緑に霞み
水色の空には綿雲が掛かっていた
おまえはただ独り深く心を病んで
遠い日の淡い自分の影を追っている

時代はとうにわたしらを取り残して
混沌とした濁流となって流れ去った
幸福には甘い蜜の嘘と矜持《きょうじ》が潜み
真実には黒い棘の苦痛が伴うものだ

ふと見上げると楢《なら》の樹々の枝には
柔らかな萌黄色《もえぎいろ》の若葉があふれ
銀色の木洩《きも》れ陽は烈しく目を眩ませ
遠い昔の虚しい日々のメヌエール病

秋の風鈴

秋もとっくに更けたというのに
夜半の深い暗闇の中で鳴っている
ひっそりと隣家の軒先に吊されたままの
淋しげな風鈴

また次の夜もそのまた次の夜も
雨戸が閉ざされたままの軒の下で
静寂の湖に沈黙の針を落とすように
小さく震える風鈴

世の中の一寸先は闇であり
目の前の宝は一刻の幻のようであり
栄華は砂礫《されき》で造られた家のように脆い
忘れ去られた風鈴

主《あるじ》がいないのを悟っているのか
郷愁と惜別と鎮魂の思いとともに
冷たく吹き荒ぶ風の中に蕭条《しょじょう》と
虚ろで哀しみの響きを加えながら

日々の花

いつの年も季節は移り
春の日はゆるゆる歩み
温かな光で桃の蕾を膨らませ
片栗《かたくり》の花蕊《かしん》を震わせる

蝶は花々の色に飛び惑い
蜜蜂は花の香りに酔い痴れ
はるかな光に包まれた
気だるく甘い憂うつの日

…十・九・八・七・六…
耳管《じかん》の底で聞くカウントダウン
麻酔された患者が見上げる
手術室の円形照明灯のように

本来人生に意味などはなく
日々そのものが花なのか？
ほらそこに　きみの生と死が
桜の園で酒宴を挙げている

春の浜辺

温《ぬる》んだ風が浜辺の景色を融かし
青緑の海面を緩やかに滑っていく
遥か沖合いに霞んだ緑の島々が
船影《せんえい》のように午後の陽に揺れている

柔らかな光と大気の香りに酔って
春の憂鬱と白日夢に満たされながら
いつか砂時計のような鉱物的な時間が
体の隅々まで刻み続けていくだろう

人生が望みどおりになるわけはなく
あの春の日に見た風景は夢のように儚《はかな》い
光を失っていく太陽が西の水平線に傾き
浜辺の私たちも消し去っていくだろう

先程までの足下《あしもと》の潮は遠い波打ち際へと退き
取り残され砂に埋まった巻貝が過ぎた月日の
波の泡の白い独り言のようにジュクジュクと
いつまでも海に向かって呟いているのだった

桔梗《ききょう》

目も眩むほど高く澄み渡った
秋めいた瑠璃色の空の下に
肌寒さを感じ始める風の中に
白い不安と一途《いちず》な希望の間に

蒼ざめて打ち顫《ふる》えながら
なおも天上的な恩寵を夢見る
地上に生きる少女たちのように
哀しくも健気《けなげ》に身を寄せ合い

輪舞《りんぶ》することが定めのような
薄幸なバレリーナたちに似た
悲哀と射幸《しゃこう》の軸の周りを回ることでしか
己の存在と価値を信じられないように

か細い茎をひたすら青い天に伸ばし
日が落ち始めた丘の南の斜面に
網膜を刺す青紫色の棘のように
一叢《ひとむら》の桔梗が咲いている

気鬱《きうつ》の春

気鬱の春は去りがたく
砂漏《さろう》の日々を風が吹く
楢《なら》の小道は若葉に煙り
樹々の枝で頬白《ほうじろ》は歌う

おまえははたと立ち止まり
肩先にふと垂れた小枝から
青葉を一枚摘み取って
まるで女学生がするように
小脇の本に挟み込んだ

仕舞い込まれた秘密の時間
以来おまえは物言わぬ像となり
蒼白い沈黙の中を歩んだ

頬白の声が枝先に競い
楢の小道は青葉に噎《む》せび
砂漏の時間に陽は零《こぼ》れ
気鬱の春はゆるゆると

一滴《ひとしずく》の水の囁き

安易で昏迷で不確かな時代こそ
私たちは自ら舟の川底に竿を差し
その水深を測ってみるべきではないか？
上るか下るかは自らの意思によっている

一粒の水が小川を作り河となり海に下る
水たちは本能で囁きゆらぎ蛇行する
私たちの大地は地球の殻のようなものだ
その殻の水溜りが生命の母とされる海

新緑の中で煌《きら》めくせせらぎと
暗渠《あんきょ》に澱《よど》む文明の廃液との間
昇る陽に打ち顫《ふる》える若葉の朝露と
廃工場の軒から滴る黒い酸性雨の間

セルリアンブルーに輝く海原と
いつか核廃棄物を投棄される海溝
そっと聞き耳を立ててみるがいい
太古からの透明な水の一滴の囁きに

渡りの道

渡りをするものたちには
身に方位や高度を計る器官と
それぞれ天から定められた
おのれの進む道があるという

アサギマダラのたどる
紺碧の海の上の蝶道《ちょうどう》
サシバやハチクマが飛ぶ
白い雲上の渡りの道

力だけが支配する世の中では
人のやさしさと悲しみは
強者への極上の餌食《えじき》であり
更なる欲望の王宮を建てる

蝶や鷹たちの仲間のように
世を渡らねばならない私たちが
真にたどるべき人の道は
一体どこにあるのだろうか?

後記

何十年か前、「樹液の流れる音が聞こえる」との趣旨の言葉を目にした。しかし、それは日々の生活や時代の流れの中で埋もれてしまったようだった……。

時代が変わり、教育に「総合学習」が取り入れられることになった。科目・教科などの垣根を越えて横断縦貫的に学習する。それは健康、文化、郷土、環境、進路など生徒の興味によりどの分野でも可能だった。理科教諭の一人として、これらの参考資料準備のため、自然科学的な郷土環境の資料を集めることにした。休日などに、遠州灘や三河湾の海水、浜名湖の湖水や豊川河口の水の塩分濃度の測定、平地や山地の樹木の植生の調査など……。

ある時、愛知県内に原生林が残っていると知った。秋に早速出かけると長野との県境に生育する原生林は長袖シャツでは肌寒かった。標高約九百メートル、平地より五～六度低い。県内の平地の平均気温が約十七度、暖温帯性で常緑広葉樹のシイ、カシなどの照葉樹林が優占種。一方、原生林は高地のため冷温帯性で落葉広葉樹のブナ、ミズナラなどが優占種だった。シラカバが点在する原生林の小径《こみち》を進むと見事なブナの群落があった。東北の白神山地のブナ林は有名で、いつか見たいと憧れていたが、まさか同じ県内でブナ林が見られるとは思っていなかった。さらに奥に進むと、人が五～六人がかりでも抱えられない程のミズナラの巨木が聳えていた。森を圧する威容はまさに「森の王者」にふさわしい。そうして何回かの原生林詣《もう》でが続いた。

ある初夏の日、若葉を透かす柔らかな日差しの原生林の中を歩いていた。どこかでアカゲラらしき鳥が木の幹を叩くドラミングの響きがしていた。他の小鳥たちの囀《さえず》りも若葉を揺らす風の音も聞こえる。ふと、「樹液の音」のことを思い出した。目の前に端正なブナの樹があった。その滑らかな幹にそっと耳を付け、じっと息を凝らして聞いた。音がした。「ザーザー」、「ゴーゴー」。確かに音が聞こえた。その音は、他の樹でもほぼ同じだった。これが「樹液の音」なのか？　帰宅後に調べた結果、その音は「樹液の流れる音」ではなく、枝や葉をそよがせる風の音が樹の幹を伝わる音とのことだった。その後、樹液のイメージは頭から離れることはなかった。根から地下の水やミネラルを吸収し、幹を上り枝から葉に移動し、陽の光で光合成を行い、糖類などの栄養物を作って自らや動物に与え、地球や動物に酸素を供給し樹の幹を下る。何十年、何百年にわたって樹木は地中から水分を吸い、養分を作って自らと他者に与え続けてきた。

だが、世の歴史は残酷だ。歴史上の虐殺は「カチンの森」ばかりではない。たまたま、「カチンの森」がナチスとソ連の宣伝合戦によって一躍有名になっただけで、名もない「森や山や海」での虐殺は闇の中だ。それにしても樹木の寡黙さには驚かされる。地中のポーランド将兵の遺体と死を地中の水と共に根から吸収し、幹を上り葉で養分を作り自らの生長をその年輪に刻む。そこには、悲しみや喜びの年輪もないのだろうか？　それは一つの四季を過ごした証を輪として幹に印すのか？　怒りも悲しみも痛みもなく？

　ここに収めた詩編の一つ一つがささやく真実の樹液の声を聞いて頂けたら幸いである。

◆桂沢　仁志（かつらざわ　ひとし）
1951年、愛知県生れ。北海道大学理学部卒。
元高等学校教諭。愛知県豊橋市在住。
著書：「八月の空の下（Under the sky of August）」
対英訳詩集 2010年
「仮説『刃傷松の廊下事件』」歴史考察 2013年
「生と死の溶融《メルトダウン》」八行詩集 2014年
「光る種子たち」十六行詩集 2018年
「踊る蕊たち」詩集 2019年

樹液のささやく声

2020年2月22日　初版第1刷発行

著　者　桂沢　仁志

発行所　ブイツーソリューション
〒466-0848 名古屋市昭和区長戸町4-40
電話 052-799-7391　Fax 052-799-7984

発売元　星雲社（共同出版社・流通責任出版社）
〒112-0005 東京都文京区水道1-3-30
電話 03-3868-3275　Fax 03-3868-6588

印刷所　富士リプロ

ISBN 978-4-434-27131-1